POVR LA SOLEMNITÉ

DE LA

CANONISATION

DE

S. FRANÇOIS

DE SALES.

A GRENOBLE,

Chez Rob. Philippes, Imprimeur & Libraire,
proche le College des RR. PP. Iesuites.

M. DC. LXVII.

DEVISE.

Vn Chêne qui verſe du miel, où des Oyſeaux ſe
prennent. *Nella mia dolcezza il mio viſco.*

Pour la douceur de Saint François de Sales, qui luy gagnoit
tout le monde.

MADRIGAL.

ILLVSTRES Compagnons de la Reine des Bois
Qui ne ſuiués point d'autre Loix
Que les Loix de faire la guerre
Aux petits Innocens de l'Air ;
Dés que Phœbus leué ſort du ſein de la Mer
Pour porter le jour ſur la Terre,
Par tout vous tendés des filets,
Dans les Plaines & les Guerets
Mais dans les priſes que vous faites,
De ces legers captifs, cent violents ébats,
Montrent aſſés que vos conqueſtes
Leur ſont dures & ſans appas.
Pour les captifs que font mes Armes
Les ſentant ſans pointe & ſans fiel,
Epris de leur douceur courent aprés leurs charmes
    Et ne les treuuent que de miel.

DEVISE.

Vne Fontaine d'eau douce qui coule au milieu de la Mer.

Medio in sale dulcis.

Sur la douceur de ce Saint, malgré son naturel Violent.

MADRIGAL.

AFFREVX sein de Thetis d'où ne sort qu'amertume,
Enflé seulément de l'Ecume
Que produit la rage des Vents;
Quelque tempeste qui t'éleue
Ie ne suis point troublé de tes flots violents;
Et quel nüage qui se créue
Ie conserue vn méme air, vne mesme couleur,
Et dans ton Lict de fiel ie garde ma douceur.

A MONSEIGNEVR LE DVC

DE L'ESDIGVIERES,

Qui porte le même nom que ce Grand Saint.

SONNET.

GRAND Duc à qui le Sang fait échoir en partage
La gloire des Herós aussi bien que le cœur:
Combien dans vos Ayeuls vous chantent le vainqueur
Des plus Braues Guerriers de l'Ibere & du Tage.

Au Fameux pas de Suse on vit vostre courage,
L'Othoman de vos Fils a senti la valeur ;
L'vn & l'autre animé d'vne Noble chaleur
Dans le Temple d'Honneur a porté vostre Image.

De l'Illustre François si vous portés le Nom,
L'on voit reuiure en vous de ce Diuin Patron,
Cette extréme douceur qui le fit tant aymable ;

Auec luy vous aués vn merueilleux rapport,
Et par cette Bonté qui vous rend admirable,
Vous viurés comme luy long-temps aprés la mort.

B

LE GRAND VICAIRE,

ABBE' DE S. IVLLIN.

MADRIGAL.

PAR vos soins pleins d'éclat & d'assiduité,
Le Nom de nostre Saint, aussi bien que l'Histoire,
Vit encore en nostre memoire,
Pour ne mourir jamais à la Posterité.
Mais quand la Nymphe au Cor d'Yuoire,
Par tout de nostre Feste annoncera la Gloire,
La Pompe & la Solemnité ;
Elle apprendra l'effet de vostre Pieté.

DEVISE.

Vn Soleil qui peint vn autre Soleil, sur vne Nuë qui luy est opposée de Front.

Non fallit Imago.

Pour les Dames Religieuses de Sainte Marie de la Visitation, qui ont si bien copié les Vertus de Saint François de Sales, leur Patron, qu'elles en sont vne parfaite Image.

SONNET.

DE la route Immortelle où ie fais ma carriere,
Ie peins sur vostre front l'Image de mes Traits;
De mes yeux dans vos yeux les plus chastes Portraits,
Et l'éclat qui me vient de la Beauté premiere.

En vous j'ay ramassé ma clarté toute entiere,
Vous auez ma Vertu, vous auez mes attraits,
Et ceux qui sous le Ciel ne me virent jamais,
Me voyent en vous voyant briller de ma Lumiere.

Ainsi dans l'Vniuers vit encore mon Nom;
Et vous representés si bien vostre Patron,
Que l'on admire en vous mon Image Parfaite;

Mais comme l'on ne voit jamais plus qu'vn Soleil
Que vous brillez des feux que ma Face vous jette,
Qui ne vous prend pour moy, vous prend pour mon Pareil.

Par le P. DE S. MARTIN, de la Comp. de IESVS.